阳光文库

# 大河星光

计 虹 著

黄河出版传媒集团

阳 光 出 版 社

图书在版编目（CIP）数据

大河尘光 / 计虹著. -- 银川：阳光出版社，2024.
12. --（阳光文库）. -- ISBN 978-7-5525-7655-9

Ⅰ. I227

中国国家版本馆CIP数据核字第20256FJ271号


阳光文库　大河尘光　　　　　　　　　　　　　计虹　著

责任编辑　陈建琼　申　佳
封面设计　赵　倩
责任印制　岳建宁

黄河出版传媒集团
阳　光　出　版　社　出版发行

出 版 人　薛文斌
地　　址　宁夏银川市北京东路139号出版大厦（750001）
网　　址　http://ssp.yrpubm.com
网上书店　http://shop129132959.taobao.com
电子信箱　yangguangchubanshe@163.com
邮购电话　0951-5014139
经　　销　全国新华书店
印刷装订　宁夏银报智能印刷科技有限公司
印刷委托书号　（宁）2500090

开　　本　787 mm×1092 mm　1/ 32
印　　张　5.25
字　　数　100千字
版　　次　2024年12月第1版
印　　次　2024年12月第1次印刷
书　　号　ISBN 978-7-5525-7655-9
定　　价　48.00元

# "双城记"

——写在前面的话

2000 年我大学毕业分到文联时，写了一两个豆腐块短章，其中一篇叫《我是一粒尘土》。此后我这粒尘土恰如短文里描述的随风四处奔跑，却再未动笔写一字。时隔二十年，我再提笔，已经不知不觉写了几本书。书中的内容多与我生活了近四十年的首府银川息息相关，也内含了我呱呱落地时的一座陕北小县城。

两年前，我在银川和兰州之间穿梭往来，写下这本诗集中的句子。整理诗稿时，黄河数次出现在我眼前，或温润如玉，或浊流婉转。在兰州，黄河穿城而过，依河而生的水挂庄、粮食巷、读者大道、大学操场、西北师大的大食堂、青年教师公寓……我不过是在它们之间短暂停留的过客，却因为一条大河，给我这个过客留下了太多无法磨灭的印记。在银川，黄河以湖泊、河渠的样子出现在我日复一日的生活里，市民的美丽家园几乎都依水而建，及至一天友人告诉我喝的是黄河水而非地下水时，黄河，又以另一种形式主宰了我的生命。

双城如砚，黄河为墨。我把自己眼中看到的、心中感受到的，用手中的笔记录下来，把一个人在两座城中交错谋生的微不足道的尘埃小事集合成一张张城市面孔，他们或迷茫，或幸福，或厚重，或轻盈……但他们又都汇聚成一张相同或相似的面孔——一张明亮而温暖的面孔。当肺病将我困在白色病房，土地接纳伤口的方式如此沉默，那些被两座城浸透的记忆愈发清晰。两座城的街巷似我的毛细血管，每一次迷路都是归乡，每个异乡人的背影都晃动着故人的轮廓。整部诗集都只是写在两座城一条大河边发生的微尘俗事，是每个普通人的常规生活。透过这些尘埃，光会照射进来，生活也便有了光。写诗和写其他文体一样，都要找到心里的光。倘若作者本身都是一团黑雾，又怎能带给他人光与希望？

写作最终还是要回归两个问题：写什么和怎样写。于我而言，生活中的点滴，那些看似平凡的人和事，如同大河边的尘埃，虽渺小，却蕴含着无尽的故事和情感，这便是我想要写的内容。而如何将这些微尘俗事以诗意的方式呈现，让读者能透过文字感受到其中的光与温暖，是我一直在思考和探索的写作方式。

诗歌是内心世界的窗口，意象是诗歌的灵魂，每一首诗我都力图用准确的词汇传达丰富的内涵。漫步黄河边，我看着河水静默流淌，仿佛听到了岁月的低语。兰州的黄河水青绿而波光粼粼，银川的黄河水沉郁浑黄而浊浪滚滚，它们映照着世间百态。我想，我的诗也应如同这河水一般，有奔腾的力量，也有细腻的情感。

# 目 录

CONTENTS

## 上篇 金城浮光

远行 / 003

大河之侧 / 004

岸边 / 005

饭后 / 006

课堂 / 007

午后 / 008

起风了 / 009

旧疾 / 011

最好的暮年，在路上 / 012

笑脸 / 013

午夜时分 / 014

异乡的凌晨 / 016

爱 / 017

他乡的深夜 / 018

读者大道 / 019

陋室独坐 / 020

周末的校园 / 021

水挂庄（一） / 022

水挂庄（二） / 024

秦腔 / 026

"李丽华，加油" / 027

春日操场 / 028

大河两岸 / 029

名字 / 030

除草机 / 031

用途 / 032

水挂庄去了哪里 / 034

散步偶得 / 035

心事 / 036

安身立命 / 037

证明 / 038

听闻 / 039

没必要 / 040

今天就是一生 / 041

最怕 / 042

幸福 / 043

归期不远 / 044

动身 / 045

再见一面 / 047

风来过 / 048

一生都在路上 / 049

累 / 050

低头 / 052

妇人 / 053

安抚 / 054

牵挂 / 055

途经黑夜 / 056

复活 / 057

一个人的校园 / 058

小满 / 059

不安 / 060

归途 / 061

回家 / 062

下篇　凤城流光

花房姑娘 / 065

水晶鞋 / 066

无用的深情 / 067

监控 / 069

味道 / 070

山坡 / 071

甜 / 073

没什么大事发生 / 074

德行 / 075

大多数 / 076

停水了 / 077

世间的夜 / 078

完完整整 / 079

流动 / 080

老而弥坚 / 081

不必太在意 / 082

接班人在路上 / 083

填满 / 084

圆桌 / 085

最好的日子 / 086

母亲的早晨我在找睡眠 / 087

连衣裙 / 089

女人 / 090

农妇的头巾 / 091

母亲与生活 / 092

母亲节 / 094

宁为玉碎，不为瓦全 / 095

响亮 / 096

夜行衣 / 097

院子 / 099

等春风 / 101

活着成了一种符号 / 102

海的尽头是家乡 / 103

希望 / 104

多了一个人 / 105

园子 / 106

路与雾 / 107

暖阳 / 108

远方的风笛 / 109

人间四月 / 110

山下 / 111

缺陷的存在 / 113

做一棵松 / 114

太阳花 / 115

落日 / 116

雨天 / 117

湿漉漉的一天 / 118

风雨已过 / 119

温习 / 120

小雪 / 121

大雪 / 122

雪 / 123

外一篇　白色城堡

在医院 / 131

病床上的青年节 / 133

"十二床" / 134

病房里的老人 / 135

爱无言 / 137

清冷夏日 / 138

养病 / 139

蒲公英 / 140

中年孤儿 / 141

中年的苦 / 142

安心 / 143

专属电影 / 145

扎针 / 146

流浪 / 147

问题 / 148

原地守候 / 149

白色的时光 / 150

白色城堡里的女人们 / 151

悲伤即将溢出 / 152

静 / 153

人的苦痛 / 154

还剩什么呢 / 155

上篇　金城浮光

# 远　行

三月适合远行
再过几日就要启程
一路应有春风伴我

为了一条母亲河
我跋涉千里之外
身后是我的家乡，还有亲人

我驻足回望
一条大河
翻山越岭，为了装下我的梦想

三月又要远行
路上桃花渐次绽放
我眼中的世界除了远山桃花漫天飞红
还有玉兰的圣洁

三月就开始的旅程
走了那么久
终点亦是起点

## 大河之侧

从陕西到宁夏

到甘肃

走不出大西北的蓝天

离大河越来越近

空气中弥漫着河的潮湿

耳畔传来河水拍岸的哗哗声

大河带走的半生风雪

能否再度重逢

春风本应拂杏花

却吹醒一树梅香压春花

河心若有故人

浪花必来迎我

# 岸 边

岸边开了半树花

观者心满意足地嗅着

隐隐约约的香气进入身体

河水流过身边

缓中带着些迫切

水是青绿色的

泛着光，并不见泥沙俱下的黄

顺流而下，能否回到家乡

家乡的河水黄金般耀眼

肉眼可见水底的黄沙随波逐浪

一条河，难道只此青绿

一条河，九十九道弯

养育了亿万万儿女

无论身在何处

因为一条河

我们

都依偎在母亲身边

阳光洒满全身

# 饭 后

透过围栏的丝网看球赛
年轻的面孔被划成一个个小孔
紧抿嘴唇偷偷用舌头舔舐
漏风的门牙
假如后退二十年
我会不会还是选择当下的
谈不上好也谈不上坏的生活
假如后退二十年
生一个孩子
他还是她
此刻也应该在球场上奔跑
而我
一脸慈祥地活在当下

# 课 堂

四排课桌

坐了两圈学生

从左到右

从右往左

只有一个男士

坐在圆圈的中央

给两圈的女生

讲小说中的女性主义

# 午后

这里的春天和家里的春天一样
需几场烈风唤醒
时空交错的生活
在异乡的中年人努力让自己
进入正常轨道

每一天都有新的年轻的面孔闯入视野
让人欣喜
可是很快
他们也将和我们一般
背着双手想逝去的青春

每个人的青年时代都需要几场飓风
去洗礼去苏醒
在春天开花
在夏日奔跑
在秋天结果
在冬日用一场皓白的雪
告别爱人

# 起风了

暗夜已来
在街边游荡
各种食物的混杂气味冲击着
一个旅人的味蕾

行人来来往往
他们步履匆匆
奔向一盏属于自己的灯火

城市的街道几无区别
相似的街景慰藉着旅人的夜
天空没有明月
也不见繁星
白日的暖还在深夜留恋不舍
包裹着姑娘裸露的脚踝

起风了
小酒馆的红灯笼在风中摇曳
一个清影映在窗前
一杯烈酒燃烧旅人的心

起风了

一缕清风送来家乡的麦香

# 旧 疾

窗帘单薄
晨光照亮陋室
走廊上两个女人聊天
周末的早晨
她们为昨晚摔落的水盆
抱怨不休

昨天也是休息日
和一群人在教室听答辩
十多个小时后
担心与忧虑盘旋上升

三年里
他们的日常在云端多过在教室
我的腰因为久坐引起旧疾
不知道他们在云端太久
会不会留下旧疾

## 最好的暮年，在路上

新的一天新的一周

看着，日头升起

阳光覆盖书桌、床单、白墙

风从纱眼逃窜进陋室

一杯热茶氤氲在侧

坐着发一会儿呆

想想远方

写一首小诗

很多很多个日子

就这样在静默中生出白发

人生中最美的青春只剩下回忆

最好的暮年，在路上

## 笑 脸

偶遇一树繁花
枯枝正悄悄萌发新芽
春的告白隐于闹市
我们相忘于江湖

三月适合远行
适合怀念
适合久别重逢

我们看过三月的花
吹过三月的清风
唯独忘记在三月启程
重温时光的温度
去见一见留在相册的笑脸

## 午夜时分

午夜
五楼的房客准时开始
摆弄凳子、桌子、盆子，以及
各种叮叮当当
连续多日
我开始好奇一个独居的中年男子
为何深夜如此忙碌
难道是一个人的深夜食堂

现在
和我一起受教的年轻人
是不是也在挑灯夜读
我为失去自我的生活惆怅时
也在感慨人的丰富性
一个人可控的人或事少得可怜
唯一可控的就是自己的情绪

社会属性赋予每个个体不同使命
对他者的善意是对自己的成全
每个人的生活都是自己的

独处让人丰盈

理想让人努力

# 异乡的凌晨

异乡的凌晨

清冷

思绪飘回家乡

家里的竹子

正葳蕤生香

一个人饮茶听歌

想一个平行时空相守的人

那双明亮的眼睛

笑若流水

# 爱

人生百味

晚饭用甜和辣调和

旅人的胃暂时得以抚慰

隔壁桌的情侣

将饭菜

从对方碗里夹到自己碗里

再从自己碗里挑到对方碗里

不厌其烦

他们的快乐在付出与给予中满足

爱

让人懂得奉献

也让人学会索取

## 他乡的深夜

多年前的一段时光
以梦为载体回到我的生活
他乡的深夜
一种温柔以另一种存在浮现
走廊里隐隐传来说话声
声控灯一明一暗仿如星星
当年在星空下指鹿为马的少年
于一个夏夜出走
返乡时白发藏在头顶
若生活总在别处
活着就很美好

## 读者大道

沿着大河由西一路往东
城市的狭长不断延伸
导航里突然呼叫前方去往银川方向
惊讶过后满是期待喜悦
进入读者大道后
现实逼仄回归
回家的路有多远
不过一餐饭的距离

## 陌室独坐

茶水清香氤氲

温暖中年人疲倦的胃

楼下的饭堂人流开始汹涌

独坐陌室等友人来访

想家的念头萦绕盘旋

久久不散

归途变得越来越迫切

不能出门时日日盼着去远行

殊不知独为远行客的寂寥

每日读书半页写字半页

听课半日

居陌室发呆半日

冥想让人学会痛而不言

人至中年萧索前行

## 周末的校园

还有三十秒
场上比分相差三分
啦啦队里女生寥寥

今天是诗人海子的纪念日
每天有那么多人如庄稼般被收割
我们能记住的有多少
又有多少人能记住我们

周末的校园比平日喧闹许多
两个男生穿着羽绒服打着遮阳伞
缓缓走来
这个季节的风景总让人猝不及防

莫名就会想起一些
久远的人和事
莫名地涌起一些情愫
就像莫名地喜欢一个人一样
泥沙俱下

# 水挂庄（一）

黄昏。落日。街头
异乡的一天悄然而去
循着夕阳的余温
勾勒一幅春日野穹

水挂庄就在眼前
烟火笼罩小巷
逼仄的门厅迎客松苍翠欲滴
男孩搂着女孩在门廊下耳语
羞涩的不是他们
是仿佛置身伊甸园的我

成人用品的店铺通宵达旦
不知道他们书读了几页
在这个清朗的周末
同学告诉我
老师，湖边的丁香花开了
很美

赏花赏月都很美

读书也很美

美，一直在

只要时间合适

# 水挂庄（二）

巷道狭长而昏暗
深处有小吃店、菜店、杂货店
花店、烟酒店、洗衣房、浴室
以及驳杂的出租屋、酒店
水挂庄的全部营生
写满"生活"二字

我只是一个路人
走过一段他们的日常
好奇
也带着些许窥探
一步一步走在青石板路上

人不多
没遇见一只猫或小狗
几个孩子在一处宽阔地游戏
一个母亲系着围裙逗小女儿
三个大妈聊着晚饭
她吃了炸酱面
她吃了米饭和菜

她在等老伴回来一起吃饭
"他还有半条街就扫完了"
巷子的另一端一个环卫工人在劳作

烤串的年轻人用喷壶给一排排的串串喷水
原来不只是卖菜的卖水果的才需要喷壶
炒米粉的小哥铁锅里已油烟滚滚
他一脸淡定地来回颠着勺
米粉看起来比他还急着
投身火热的生活

男子叼着烟在门楼前警惕地盯着我
连续几天的傍晚我都在庄里闲逛
眼睛直溜溜地盯着每一个铺面
对一个"偷窥者"男子保持了
足够的礼貌

心里决定回应他的礼貌
明天来庄里吃一次晚饭
在男子看得到的小饭馆临窗而坐
可这也不足以告诉水挂庄
我只是客居不远的旅人
想家的时候才看看庄里的烟火

# 秦 腔

楼下宿管大姐在听秦腔

我在楼上听《秦腔》

她听《周仁回府》

我听贾平凹

我们都听"秦腔"

没人知道陕甘宁在新的一周

寂然会合

天气晴朗

瓦蓝之下草渐变色

根据地由来悠久

历史的天空从来不属于个人

最后的晚餐留在了书架

# "李丽华，加油"

隔着铁网看了半小时女篮
柔中有刚地运球、传球、投篮
一气呵成
偶尔也会挤成一团抢了起来

场外有个男生带头大喊
"李丽华，加油！"
"李丽华，加油！"
"李丽华，加油！"

想看清背心上的字
几个大写字母不清不楚
想看清女孩的样子
每次就要看到脸的时候
又被人挡住了
横刀夺爱的感觉油然而生

很快，腿就站酸了
"李丽华，加油！"

# 春日操场

青年在春日的操场上呐喊

年轻的声浪催发了满园春色

穿梭于勃发的花红柳绿间

爱情随时随地反射到一个中年人的镜片上

面色沉郁地故作高深

眼神的闪烁出卖了内心的波澜

一个春天的偷窥者

将一腔的情事化作缕缕烟火尘埃

蒙尘的中年奔跑在呐喊里

## 大河两岸

水很凉

即使阳光深入每一道褶皱

鸽群无所事事

人类捧着食物讨好它们

大河两岸的山不高大

也不绿意盎然

河岸的垂柳宣告了西北的春天

正在发生

平静的生活

越来越难实现

持续的低温让人无法抵达想去的牧场

也许

余生都只能在心中打造一座乐园

装进那些未曾抵达的旷野

在无边无垠的大地深处

做一棵树

或者一块顽石

要么一匹野马

性情温和

任岁月悠悠

静静老去

# 名字

一条船街没有船
一只都没有
船在远处的中山桥下
游人在桥上看风景
看风景的人在船上看桥

粮食巷不生产粮食
水挂庄不见一个水挂子
时间改变了容貌
却留下了名字
我们试图遗忘的时间
都刻在了年轮里

## 除草机

宿舍窗前的树青绿繁茂

有鸟儿啾啾啾落下呼朋唤友

夏日的北方有了南方的绿

不是那种迷人的带点甜蜜的绿

北方的绿浮动着燥热

和风中的干爽

伴随着轰隆隆的收割的呼喊

除草机扫荡了校园

它的收割不是为了丰收

是为了整齐划一

## 用 途


一张电话卡从抽屉缝隙掉落

是一张电话 IC 卡

它属于黄色的半圆形电话亭

属于过去的某个时期


那时候每个十字路口都有一座亭子把守

距离它们不远处

还有一座墨绿色四方形报刊亭

和一个墨绿色邮筒


我很久不用钢笔了

我的字不再于大庭广众之下现眼

我用手机打电话回信息

用电脑码字


电子情书满天飞舞

没有一封可以窥探对方的地址

有人送了我一支派克笔

可他忘了附赠一瓶墨水

于是我用手机拍了照

用派克笔的美图发了朋友圈

谁也不知道它的用途

仅此而已

## 水挂庄去了哪里

风中飘着五彩的祝福
想去水挂庄看看
穿过拥挤的人群与车流
迷失在并不雄伟的楼宇间

水挂庄的入口遍寻不见
只有一个中年旅人仰着头张大嘴巴
望着天也不愿问一声路人
水挂庄去了哪里

路边的木棉花早已凋零
长出片片绿叶，绿盖如华
边走边看寻了一圈
忽见两个门面之间一条小巷曲径通幽

沿着小巷进去
水挂庄豁然开朗
原来水挂庄的入口四通八达
恰如人生，通往罗马的路一直在

## 散步偶得

果实挂满枝头

经历一冬风霜雨雪

它们看起来枯萎又倔强

人流突然密集涌动起来

他们在一天中的某个时刻志同道合

据说"人为财死,鸟为食亡"

现在是一条真理

这些遗落枝头密密的果实

是幸存者还是无用物

# 心 事

春日萌发的小草瘦弱纤细

风一吹就东问好西哈腰

中年人的卑微如一棵小草

疲惫感一整天都在身体里滋长

直到整个城暗下来

回到小屋泡一杯淡香的茉莉花茶

热茶顺着喉咙落到胃里

安抚的是一颗驳杂的沉甸甸的心

年轻的机车手驮着心爱的人

一路上耀武扬威

驾车的中年人

一边喝茶一边回忆年轻的自己

心爱的人早已零落滚滚红尘

## 安身立命

又一个被茶统治的夜晚
可供睡眠的时间越来越紧迫
像每一日用于做事的时间一样缩了水
想起白天看见的吐露芬芳的桃树
粉嫩嫩的花朵从干枯的虬枝里滋生
有一种新生的疼痛在体内涌动

跨过山河无恙的清明
每个人都在与自己的心和解
我们依然热爱自然、关心和平、向往美好
只是远方不再牵挂如故
埋首脚下的土地
留一方净土安身立命

## 证 明

窗外的鸟儿常常先于自己醒来
一声声啼鸣像极幼时的母亲
很吵很尖厉又怕听不到
及至有一天自己也发出这样的嘶吼
才懂得生活的苦才是甜的调味品
如同爱人的恩宠只在别人的家里溢出羡慕
真实的日子大部分不适合歌哭
沉默的庸常的琐碎的所有纠缠成一个人
活着的证明
直到有一天有人用它换成一张
盖着红色印章的
死亡证明

## 听 闻

听闻一个悲伤的消息
主人公是朋友的朋友
素不相识的疼痛让我在宿舍愈加寒凉
停暖后的倒春寒
用身体焐热被窝
每瑟缩一次床板就颤巍巍地咿呀呀叫几声
这声响似遥远的哭声
柔弱得似有似无却用尽全身气力
恰如此刻的我耗尽全身热量
也焐不热凉了半截的人生

## 没必要

没必要为一轮落日伤感

明天醒来它又挂在天空

没必要去远方寻花问柳

抬望眼

柳条汇成绿浪

漫漫花海一望无边

没必要活在情绪里

你可以笃定地活着

纯粹地活着

可以生气，可以愤怒，可以幽怨

当然，更应该快乐

# 今天就是一生

三十岁时会偶尔想想老了以后的样子
现在则常常想起年轻的样子
那时也有那么几根白发
挤在厚厚的发间
像小时候课桌上画下的"三八线"

皱纹还没那么明显
惨不忍睹的是好几个下巴
将脖子稳稳当当地保护起来
有时想看看脚尖，就把肚皮向上提一提
皮鞋如果够亮，能看见更亮堂的脑门

吃完饭在路口和友人告别
挥手间有了一别两茫茫的苍凉感
臃肿的背影里是多少人的柴米油盐
这一生为自己的时间加起来煮不好一杯咖啡

一天就这样瞎忙着流过
一生就这样碌碌无为而逝
今天就是一生
一生却是无数个今天的叠加

# 最 怕

陌生的城市街头
一个个人影匆匆划过
相似的生活发生在不久前
那时天气更加炎热
人影密匝不透一丝凉风
城市千篇一律
不一样的只是看景的心情
最怕似曾相识的背影擦肩而过
最怕那一瞬间的清冷
浇灭此刻的温情

# 幸 福

阳光不算充裕

在半个广场散漫

比光更散漫的中年客

与一杯咖啡虚度

幸福很简单

不急不缓

静静老去

## 归期不远

夏日的风从车窗浪过来
脸上留下水墨丹青的一笔

想你的风总是让人陶醉到麻痹大意
快乐与疼痛如孪生般默契
在你抵达高处时送来善意的提醒

烈日与星空下的音乐会
唯有热爱才抵漫长的等待

想你的风从远方传来消息
带着麦穗的香甜
很快很快
收获的季节就要来到
归期不远

# 动 身

四季轮回
有生命降临
就有生命离开
先行一步未必全是不幸
独活于人群中更不幸

车窗上落了一片风烛残年的叶
黑色霉点诉说着它流经尘世的苦乐
轻轻落下又被风轻轻地带去远方
一片树叶的一生
正是你的一世

迎着光走下去
是你擅自做主的决定
心里装满你自作主张的深情
这无用的深情
是挂在天边的那盏长明灯

光一直在
远方的人也在

只要你愿意往前走

他们都在

什么时候动身由你选择

# 再见一面

整个下午

音符旋转跳跃于陋室

旅人的情绪

被最后一个表情压垮

远方的

小酒馆里歌声动听

后海的人流熙熙攘攘

胡同口站着一个姑娘

裸露着双肩

白皙紧致的皮肤收集了阳光的味道

每一个经过她的人

屏住呼吸

片刻的美好可能要用一生守候

世间的可能

终谢幕于不可能

小酒馆里唱歌的人

和好喝的酒

能否再见一面

# 风来过

风来过
流云可以做证

心事重重的旅人
走一程山路望一望山顶
肩上的行囊压弯了腰

她立在山间
长发飘过云海

旅人离家远行
她将乌发一刀两断
风来过
留下一缕青丝

## 一生都在路上

落日的金色披肩遗落湖心
如你寄存下的那一颗心头痣
即使末日危途亦有曙光守护

高楼丛生间仰望苍穹
星子隐匿云层
唯有灯火盏盏闯入双眸

人群就在不远处嘈切
虚空的中年客不知身往何处
一生都在路上

# 累

每天傍晚我都要在路边坐一会儿
路边有一个绿色的圆桌
四把绿色的椅子
它们是崭新的
它们属于路边的茶铺

为了心安理得地坐在绿椅子上
我会去茶铺买一杯最便宜的绿茶
少糖少冰，小杯
把买来的绿茶放到桌子上
假装自己在休闲地喝茶

我的眼睛一直盯着炒米粉的女人
心里默数着她颠了多少次勺
她的胳膊看起来孔武有力
她的汗顺着脖子流下来
我突然不觉得累了

又坐了好一会儿
傍晚的风吹过街巷

米粉的香味飘了过来

我起身也要了一份炒米粉

走近了看，她的胳膊还没我的粗


我肯定颠不了一下那口铁锅

我活得很累

但怎么想也没她累

# 低头

四十往后
日子快得抓不住
恍然又到了周末
楼上每晚还在叮叮咚咚忙个不停
城里的邻居靠噪音维系感情

屋里比屋外寒凉
和人心一样
亲近的反而更易心寒

广场上卖力做直播的年轻人
跑音的时候就卖个萌
小时候和妈妈撒娇也是这样
面对衣食父母
我们都学会了低头

# 妇人

夜暗下来，灯光涌入车厢

妇人刚哄睡幼儿

邻座的手机骤然响起

　"你就是那天空中最亮的星星，照亮我一路
　　前行"

妇人快速捂住怀中幼儿的耳朵

眼神愠怒地看着邻座

　"喂，什么！什么时候走的？"

邻座噌地站立又咚地坐下

妇人看见他眼泪落下一行又一行

幼儿的啼哭声哇地响起

妇人侧身将幼儿塞进胸前

邻座的抽泣

幼儿的吮吸声

妇人好像走完了一生

# 安抚

一家三口在发车的最后一分钟
冲了上来
幼儿在母亲剧烈起伏的胸脯上安静地趴着
一动不动

车走了一个时辰后
哭声骤然响起
年轻的父母熟练地冲好奶粉
车厢又静了下来

和我一起上车的大姐
候车时坐在我隔壁
上车后还坐在我隔壁

上车前她在给母亲打电话
我睡了一觉醒来电话还没有挂断
这一路她用电话抱紧了母亲

# 牵挂

春分迎来一场沙尘
大际昏黄
暗合当下的心情
雨久久地落在南方
北方的春天在祈雨中度过

今日一过
离清明就不远了
三年未能擦拭的墓碑
每一天都在用想念清洗

分开的十多年
每一天都在努力地生活
尘世的我们
无一日放下牵挂

# 途经黑夜

途经黑夜

无人知晓我怀抱怎样的心事

候车大厅的长椅上

中年男子饮一罐啤酒

嚼着饭盒里的咸菜

父亲也曾奔忙在路上

喝着免费的开水，带着咸菜和馒头

为我们撑起一片天

他是什么时候开始老去的呢

等我发觉他已是老人时

他连下楼都不愿意

外面的世界依旧很大很精彩

父亲毫无兴趣

他的世界只剩下我们

# 复 活

他夹着烟

眼睛里落的还是秋天

节气抢先一步来到冬日

脚下的大地一直保持缄默

即使发红的烟头被鞋底拧进身体

它一声不吭

一忍再忍

有一天他也会挤进大地

与亲人相聚

与失去的重逢

在大地的深邃处复活

# 一个人的校园

天空铺开夜色

一颗星子挂在枝头

我抬头望着它

它对我闪了又闪

是欲言又止

还是无从说起

星子独在夜空等待

我一个人独坐校园的石椅守候

我们的春天都种在了辽阔的

目不能及的远方

夜幕降临

远方的风笛在梦中吹响

# 小 满

小满了还有雪落在人间

雪片的隙缝间旧时光涌来

那一年的小满我们爬上白塔山

望远方的积云缓缓飘移

山间的回音响彻一个爱字

很多年过去

现在的我们在云端遥遥相望

默然不语

在羞于说爱的年纪

才懂得小满即圆满

# 不安

短头发的人
理发也成了月事
或迟或早都令人不安
更让人不安的是
低头的一瞬发现
围布上落得白发多于黑发

# 归 途

误入一条小巷
仿若打开人生的盲盒

春去冬来一年年
从二八到迟暮
母亲的脚一直原地踏步

而我们无数次地出走
无数次地归来
最终落在属于自己的圆满中

白发苍苍的母亲守在窗前的阳光里
你守在母亲的床边
人生的来处即是归途

# 回家

三月的最后一天回家
半睡半醒间
路程将尽
沿途的风景因为熟悉而忽视

一掠而过的村庄
荒芜胜于春色
农人的春天
在地里不停歇地刨挖

远处
绵延无边的黄土披上了绿衣
春风唤醒桃花
四月粉嘟嘟地来了

下篇　凤城流光

## 花房姑娘

就这样过去那么多年
柴米油盐的
他乡不再陌生
街头巷尾很容易遇见熟悉的面孔
"花房姑娘"几经周折
在一个冬天凋零

还是一个冬天
一个十五年前的冬日
春雪后的第一个晴天
午后的阳光洒满"花房姑娘"
我第一次遇见扶郎花
如微缩的向日葵

我喜欢乡野的向日葵
多过花房的玫瑰
我喜欢花房的扶郎花
多过乡野的向日葵
我走在老城的街头
想这世界的尽头
是思念还是遗忘

## 水晶鞋

天蒙蒙亮就从巢穴出发
实现理想的路从来都是披星戴月
卖早点的三轮车在大门口一溜排开
养家糊口的人守着一炉烟火
开始一天的生计

我从最近的那辆开始每天推进一辆
欣喜的是味道竟也跟着提高
身边有人在爱情和婚姻的门口徘徊
我们都错误地以为和挑选食物一样
下一个会更好更令人满意

生活的本质不是意外收获
那些平常的甚至庸常的才是生活的真谛
接受并悦纳平凡的自己
在重复琐碎的日子里
找到自己的水晶鞋

## 无用的深情

冬天用一场雪告别
团圆的意义显得盛大而清美
星子
苍茫夜空中最后谢幕
不是最明亮的那颗
定是最温柔的那个

大海变成沙漠，高山成为湖泊
嵌入地球肌理的贝壳
树木
用另一种化石生命默默守候
母亲诞下生命
一代又一代
以爱的名义完成血缘的交接仪式

日子开始的时候
奔着理想和意义前进
走着走着
眼睛没有了光，心渐渐蒙尘
曾经的告白与深情

一夜间分崩离析

试图叫醒沉睡的过去
自己竟先行离去
一日日三餐四季一人一屋
盛满无用的深情
与明月邀清风
落得个清清净净

## 监 控

刚停暖

天就变了

沙尘，飘雪，下雨

远离春的暖阳

脚步声惊醒楼道的声控灯

猛地抬头时

白色的探头闪着红光

晚归人在谁的监控下

过着裸奔的生活

# 味 道

趁着夜色撩人，雨跑来了
一晚的沉睡
治愈一日日累加的疲累
顺着纱眼雨汽润润地溜进来
清清凉凉的小屋
有种脱俗的美从心底升腾
清明的味道
静思与敬思此起彼伏

# 山 坡

一条路等了三年又出发
一座山等了三年又抵达
墓前的青松苍翠挺拔
看了一眼石碑上的照片
泪便滚滚而下
慈祥的温暖的笑容
永恒

清明的山坡是一片片花海
泪水肆意地浇灌每一片花瓣
我轻轻擦拭着每一处你们可能待过的地方
这一次在你们的家，我再吃不到一口热饭
喝不上一口热茶
再没人立在窗前等我

多少个梦里后悔没有多在你们身边坐坐
哪怕一句话不说
就只是坐坐
等你从口袋里掏出一颗花生或者核桃给我
在你们的注视下我大口地吞饭

配着一杯滚烫的茉莉花茶

十多年的三千多个日夜
你们的爱一直在我心里在我左右
从未离开
想起你们
只有滂沱如雨的泪

我们从未互相说过一个爱字
可这份爱铭心刻骨
岁月苍老带走了所有
独留下你们的爱伴我余生
生而有幸有过你们

# 甜

水沸腾片刻将花瓣撒入

氤氲之中的玫瑰若隐若现

香气里带着爱的味道

夏日的某个早晨在心里安营扎寨

那种妥帖的柔抚慰过无数个寒冬烈日

"多想再见你，哪怕匆匆一面就别离"

歌者的低吟浅唱打开一扇尘封的门

辽阔的湛蓝的天空下一望无边的绿

充盈了眼睛的黑与白

山河日月星辰不及此刻的甜

# 没什么大事发生

连着几日没什么大事发生
这半生也没几件大事发生
普通人的一生很普通
过得平平淡淡
没什么大事
多么幸福的一生

# 德 行

一粒小小的圆圆的药片
用来拯救我
稀薄而可怜的睡眠

也许该去大自然疗愈久居闹市的焦虑
看看田里的庄稼
地里的蔬菜
还有挂在枝头等一个良人的红丝巾

在田间地头未遇一个农人
不分五谷时令的农盲
不敢妄自猜测他们的去向

紧挨田地的马路边
有几个卖山杏的小贩
杏子金黄硕大却少了杏味

现在的瓜果模样都水灵光鲜
可表里并不如一
和人类如今的德行一模一样

# 大多数

大多数人留在旧记忆里
大多数旧记忆随衰老失去
大多数人于时光流逝时走散
大多数想念不再掷地有声

大多数时间想久别重逢
大多数光阴用作来日方长

果实成熟时垂下枝头的
被掠夺满足口腹之欲
高悬树冠的随日月星辰自生自灭

生命中的大多数和自然相守
只有影子厮守至死

# 停水了

停水了
一滴都没有
没听到一点儿风声

舔舔发干的唇
看着花瓶里大半瓶水发呆
冰箱里还有"东方树叶"

脸怎么办
脸皮干巴巴的
每道褶皱藏着疲惫

用手使劲搓吧搓吧
无人看脸的年纪
习惯世间冷眼，与我何干

# 世间的夜

西瓜齐整整躺在路边
夜幕下绿光闪烁
男子脖子上挂着二维码
垂头坐在马路牙子上

拉西瓜的皮卡车车厢里
躺着一位年轻女子
任车来车往，喇叭骤响
女子酣然入梦

夏夜街头机器轰鸣
抢修管道的人们点亮暗夜
醉酒男子对着黑屏喋喋不休
每个被抛弃的人都有千言万语要倾诉衷肠

世间的夜容纳了人类的悲喜
褪去黑暗的光因人而异
唤醒时空的方式从不雷同
日夜交错的世间万物不及你

## 完完整整

脚下的土地松软辽远

没有一寸属于我

我也没有为它洒下一滴汗水

可为什么

它沉甸甸地落在我心上

让我毫无保留地把身体交付于它

如同把心交付于你一样

完完整整

# 流 动

海水在流动
身边的黄河在流动
时间在流动
身边的人在流动

一切都在流动
一切流动了无痕迹

是什么推动着一切在流动
流动的一切滚滚而去时
带走了什么
又留下了什么

# 老而弥坚

日头还在往山后赶

天光未尽

男人已笔直地跪在马路边

面前的火堆烧得正旺

火苗里有一张或几张亲人的面容

在今天和人间的你我重逢

世上的快乐有很多种

不动声色的幸福

老而弥坚

# 不必太在意

不必太在意
秋天的风一天天有了冬的讯息
你可知道冬来的时候
春天就等在了窗外

等到风又吹过几轮
花就开遍了绿野
自然世界的一切都有例可援
你要试着放下俗世凡尘

不必太在意自己
不必刻意去找寻什么
那些属于你的幸福
正在派送

## 接班人在路上

路面干巴巴的
好像昨晚的暴雨根本没来过
而车窗外的阅海湖水漫过了岸边

晨起突增的水压溅了一身
雨把身体留在了我们不经意的地方
供人类喧嚣地活着
慢慢地老去

从值班室出门
脚步声惊醒廊灯
它们挨个慌张地睁大眼睛

一扇扇紫色大门紧闭
一声不吭
窗外忽然人声嘈杂

电话铃声响亮仓促
廊灯熄灭
接班人在路上

## 填 满

可以走慢一点点
或者再慢点儿
会不会就能把日子拉长一点点
可以在冬日暖阳下
想想夏日里的那一点点心动
每想一次
心动便会叠加又叠加
最后堆积成如山如峰般巍峨
雄浑的情感
填满余生的每条缝隙

# 圆 桌

桌子是一张大圆桌

坐满了有十五人

挤一挤就有了十八人

一圈人有认识的

也有别人认识又介绍你认识的

朋友圈里有多少朋友

你不知道

如同这张圆桌上究竟认识几个人

你也不知道

出了朋友圈和离开圆桌一样

属于自己的那副碗筷

要么一直守着

要么懂得放下

## 最好的日子

过了中年
送别没了季节
也没了年龄
一年四时都在告别的路上

究竟从何时起渐行渐远
无从谈起又言之不尽
每个今天都是庸常的你最年轻的一天
或是在平凡人间的最后一日

生或死
没有肯定的答案
可以笃定的是最好的日子
不过这三餐四季

## 母亲的早晨我在找睡眠

夜色愈来愈深
睡眠越来越稀薄
一次沉睡如同爱而不得的人
可遇而不可求

翻了数本书
每本只能看开头或结尾
中间需要经历的统统舍弃
假如人生也能如此轻易
还会有可怜的睡眠障碍存在吗

我们往往学会如何起头
却很难去铺开去坚守
我们学会与结局共生
却学不会与一切和解
最大的敌人是自己
最后的退路也是自己
在最后一刻抓住稍纵即逝的晚安

醒来月亮高悬

厨房嘈嘈切切

天还没亮

母亲的早晨我在找睡眠

## 连衣裙

在日出前就出门劳作的人
头顶一片星空归来
她的世界
最热闹的声音是鸟鸣是虫叫
是风吹麦浪的哗哗声
她想象过大海的样子
那是翻过重重山峦才能抵达的
远方
她粗手粗脚地打开来自城里的礼物
一条婀娜多姿的连衣裙被她
摩挲来
摩挲去
她想象着被海风吹起的裙裾
笑爬上脸颊

# 女人

春天迟迟

女人忍不住套了雨靴

攒了一冬的精力都释放给脚下的土地

女人不是农人

女人住在城里的花园洋房

女人平日衣着典雅

此时女人双脚踩进泥土

双手沾满泥巴

春日的风从四面八方涌入小院

阳光正好裹紧穿着劳动布工装的女人

春天的故事里有一张女人的照片

男人想了她一辈子

院子的花开了一世温柔

# 农妇的头巾

一团锦簇的粉冲击着铺天盖地的沙尘

鼻息里全是土尘的味道

天空此刻与黄土地心心相印

一年不过几次的厮守

却少了七夕的甜多了沁人肺腑的呛

从乡村到城市

农妇的头巾一如既往的粉嫩鲜丽

一直以为她们在逃避守着土地的命运

却不知原是她们留住了春天

## 母亲与生活

窗外混沌一片
目不及山河
草木隐匿
人如尘埃随风漂泊
眼前的黄
昏沉沉坠入眼底

三十年前的废墟已是高楼林立
三十年后的漫天沙尘带不回一个故人
摊开双手
沙留在手心
握紧拳头
沙从指缝溜走

时间的沙漏越漏越少
身边的亲人渐行渐远
渐远渐少
每一尊黄土隆起
思念深埋土中
风尘仆仆的远行者

揣一把黄土消解孤寂


一个人坐在尘世喧嚣的十字路口

看街市灯火通明

热浪滚滚

母亲教会我们活着

生活训练我们活下去

母亲与生活

我们都不想辜负

却注定不能两全

## 母亲节

车洗得很干净
拉着母亲去我家
病后家里的活计被母亲大包大揽
像小时候一样，我跟在她后面转圈圈
几圈下来就又乏得想躺着
这个母亲节
我在躺平，母亲在过"劳动节"
"父母的心在儿女上，儿女的心在石头上"
我们是父母的软肋
而父母，何尝不是我们心里的基石

## 宁为玉碎，不为瓦全

胃活在童年记忆里
声音比记忆更可靠
不经意点开一段语音
遗忘症选择性苏醒

都说人是趋利避害的动物
可容易忘记的大多是幸福时刻
也许痛苦，让人成长得更快

今年的夏天不只于迟到
它像要放弃属于自己的那份权益
委曲求全不在它的字典里
现在的女人也和她们爱的夏天一样
宁为玉碎，不为瓦全

# 响 亮

暮色中一位老者静静地看园中花朵
身后一架葡萄藤蔓青绿
相邻地块整齐有序地种着菜蔬

我只能笼统称为菜蔬
"四体不勤，五谷不分"
此时此地，城里的月亮替我羞红了脸

我故作姿态，放低身段，咔嚓咔嚓咔嚓
拍了几朵花，顺手百度搜索了菜苗
西红柿、辣椒、茄子、豆角以及大葱

有人振臂疾呼文学源自生活
文学给予人类的体面
远不及生活给我们的一记耳光响亮

# 夜行衣

很多年前就渴望有一件夜行衣
穿上它游荡于黑夜
无人知晓

现在夜遮蔽了夜的黑
留下一个中年发福的焦虑症患者
等待着黎明前的黑暗
驱散心头的阴翳

深夜的洗衣机发出巨大的轰鸣声
思绪回到少年时代
母亲躺在沙发上半睡半醒
等着凌晨两点的水压上升

水来了
母亲为一家人清洗衣物
那时候没有洗衣机

我们睡得比夜还沉
深夜的水流哗哗作响

母亲的额头渗出汗珠

嘀嗒嘀嗒嘀嗒
挂钟走了一圈又一圈
在黎明前的黑暗中
母亲终于躺在了床上

# 院 子

被一声鸡鸣叫醒
窗外鸟声啾啾
仿佛回到小时候的盛夏

爷爷的院子很大
黄瓜、茄子、辣椒，挂在风中摇摆
第一茬韭菜已经和鸡蛋相亲相爱
西红柿才红了脸蛋就被我捧在手心

那时候的早晨鸡鸣唤醒了奶奶
我在她的巴掌下迎来新的一天
那时候每天晚上坐在院子里看星星
时刻想着离开院子去城里

现在每个夜晚守着城里的月光
想那时挂满星星的夜空
想院子的鸡、大黄，和那双拍醒我的
老茧丛生的手掌

一切都在改变

月亮一点儿没变
你们住在我心里
也没变

## 等春风

醒来得太早
阳光还在路上
突然很想念儿时的院落
奶奶的小脚踩着晨晖叫醒了
满院的生灵

满炕翻滚的我们被白浆稀饭的香气唤起
鲜嫩金黄的炒鸡蛋比太阳还耀眼
暑假的小院静而喧嚷
爷爷的一声咳嗽
小院迎来新的一天

旧时光里的我还年少
你们也都还在
现在只剩我
守着一部时光机
等春风

# 活着成了一种符号

天突然暗下来
黑沉沉的云朵蜂拥而至
大地发出一声闷吼
伴着炸雷怒放一道闪电划破云层

一楼门厅大敞
坐在轮椅上的她干瘪而褶皱
如一片风干的腊肉被遗忘角落
她的眼神空洞而茫然若失

她的眼前雨汇成一道门
门后母亲笑靥如花
生活从她的身体逐日层层剥离
活着成了一种符号

## 海的尽头是家乡

我望着窗外的云

云望着我，以及众生

我们常年厮守，直至终结

不曾有过一句问候

只有一日日的深情对望


云深处藏着一双眼睛

坚定柔美

雨滂沱而下

所有的思念与相守澎湃入海

海的尽头是家乡

# 希 望

妇人坐在贺兰山下

远处葡萄园机器轰鸣

一条条藤蔓将在深秋藏匿于大地之下

那把夏日用来摘葡萄的剪刀

在妇人的花布包里沉睡

等干活的伙伴来齐了

妇人就挎着她的花布包

与那些和她一样挎着布包的伙伴

赶赴下一个下苦的园地

如同当年他们一起奔向校园时那样

满怀希望

# 多了一个人

前日黄尘飘了一天
空气不着一丝凉风
过了一夜，尘土消散
天空露出好心情

屋内住满夏日闷热，以及遗落的黄沙
假日的尾声被一场婚礼渲染
一条路撒满粉红色心形纸片
走在路上似有爱和幸福在前方等待

于是，义无反顾地走在上面
每一片粉红色的心叶
发出轻微的呻吟
新人突然落下了泪
一对老人穿着新衣在路口挥手

鞭炮与礼花在下车前炸裂
老人身体有些摇晃
有人过来喊他们照相
相片里多了一个人
老人心里多了一份牵挂

# 园 子

脚步流浪了半日
秋色从园子溢出来
一路流淌澎湃
占满整个内存
不留一点点余地

园子里的凉亭挤进去几个妇人
笑声比落叶还稠密
我隐藏在爬山虎的红色影子里
眼里落满层层叠叠的金色
暖从心底涌来

# 路与雾

大雾

路若隐若现

起风了

风带着雾

私奔

路清晰起来

看着雾随风远走

路知道雾还会回来

在无风的日子

# 暖 阳

屋外气温逐日升高

花和草都热闹起来

早晨出门穿着棉马甲的中年旅人

借春日暖阳晒一晒

发霉的彷徨失措的身体

背已热气腾腾

心还寒凉

到底怎样才能过好这一生

永远也找不到正确答案

能安然度过这一刻

也便过好了这一生

# 远方的风笛

天空铺开夜色
一颗星挂在枝头
我抬头望着它
它对我闪了又闪
是欲言又止
还是无从说起

它独自在夜空等待
我一个人坐在石椅守候
我们的春天种在辽阔的
目不能及的远方

夜幕降临
远方的风笛在梦中吹响

# 人间四月

天色黄蒙蒙的
一路跟随脚步拖沓的旅人
谷雨日
田野裸露着胸膛
等一场雨

半坡新绿半坡黄
春天的种子奔跑在
夏日的风雨中
还未看尽的春光身姿模糊

人间四月
是一张读书海报
身披长衫的人们四处张贴
他们已经忘记有人请他们脱下长衫
善变，遗忘，假寐，失忆……
他们的外衣挂满了橱窗

# 山下

等了一天又六个小时
灰沉沉的天没有一滴雨落下
进山的柏油路宽展笔直

沿路有人种下一丛丛鲜花
红得绚烂黄得热烈
蓝得深沉如天空的是巍巍贺兰山

山脚下升起一朵朵白色的帐篷
远远望去仿佛雨后新生的蘑菇
进山的人们聚集在蘑菇云下
烧烤，唱歌，品着咖啡看小儿嬉戏

山上有一家魔幻书院
和城里的网红书店大同小异
魔幻现实主义到头来只剩现实
每一个卡座都明码标价
每一本书百分百全价出售

山脚下新起了几个坟冢

石头压着一道符

无名无姓无碑文可看

五百年后会不会有人揭开符咒

也有美猴王从地下蹿出来


五百年后

山河依然在侧

我们已隐入尘烟

## 缺陷的存在

云很低很矮

下了一层薄雨

天空之城沉郁阴柔

花瓣上留下轻轻的雨痕

像长了多年的伤口

至今还有细细的裂痕

无事发生时日子过得稀松平常

一旦有事

那些细碎的伤痕

狠狠地撕裂平静的生活

花很美

生活很美好

美与美好

都是一种自带缺陷的存在

# 做一棵松

做一棵松
挺拔于天地间
直到天荒地老

做一棵松
生命属于自己
活得自然通透

远离尘嚣
远离人群
远离世间繁华
远离城市的欲望之音

宇宙洪荒
我只做一棵松

## 太阳花

此刻的银川很静
雪白雪白的云
厮守着碧蓝的天

迎接大考的你和当年的我们
好像一样
又好像绝不一样

当年的我们在一个雨天迎来大考
有的人为此淋了一生的雨
有的人一生风调雨顺

一切美好的祝福都送给今天的你
你要记得今天
无论将来结一个硕果还是一颗无花果

今天的你
都是一株照亮未来的
太阳花

# 落 日

去览山看落日
站在汹涌的人群中
无人知晓身边陌生人
心中澎湃的悲伤

人群集聚的热闹
无力温热一颗凉薄的心
很多心事化作无可奈何
很多人走散在潮水退去之前

终有一日远离人间汇入苍茫大海
听海风追逐海浪
忘记那些永恒的誓言
在海中再看一次落日

# 雨 天

雨天适合想一个人
适合将自己长久地搁置于孤独中
听雨声哗啦啦走过的日子
等雨去了，一切了无痕迹
只有一颗潮湿的心

雨天适合与一群人狂欢
适合将自己抛入三尺红尘
在雨中奔跑的少年踏过此时陈旧的身体
雨去了雨来了，来来回回是你走过的风景
我们用一身风雨换来当下的宁静

雨天适合与自己对饮
雨水翻过大山淌过村落流过田野
带着故乡的泥土与小麦的清香
汇入城市的大街小巷高楼大厦
我们举杯敬故人敬他乡敬头上三尺神明

天空低垂又温润
而大雨将至

# 湿漉漉的一天

湿漉漉的四月的一天
身体被冬天包裹
车窗结了大片大片雾气
人间春日是一首朦胧诗

女人撑一把油纸伞立在那里
雨珠砸在伞上溅出朵朵水花
路边的桃花迎春花
烂漫而热切地拥抱水花

美好的画面好像少了点儿什么
缺一袭婀娜的旗袍
缺一个远归的人
缺一场久别重逢的春梦

唯一在场的
是一个喜欢胡思乱想的
过路人

# 风雨已过

雨突然就来了
天倏忽间就蓝了
人生亦不过
一半风雨一半晴天

经历过风雨
也经历过暖阳初雪
淋湿的一切会被风吹干
被阳光抚慰
节日的礼物走在路上

苍茫半生的你
一边等待一边工作
而风雨已过
彩虹挂在天边

# 温习

昨夜落了雨
不多
只够洗净天空与云朵
空气凉而润滑
万物不再灰蒙低沉
将文物般封存的心事
摊开来捋
笑容浮出心头
一切都可爱起来
恋人在树下收集浪漫
留给以后的日子
慢慢温习

## 小雪

每年小雪都虔诚地写下
小雪，无雪
然后翻看朋友圈里的雪
落满这个无雪的小城
心里的雪
簌簌簌地下了起来

# 大雪

今日大雪

还是没有雪

只有狂风里的凌乱

一场风

小城所有的树穷得哐哐作响

丰茂了大半生的叶片

全部还给大地

而我们

除了这一身皮囊

又能留给这片黄土什么

# 雪

## 1

雪下了一个白天

入夜的操场白茫茫一片

天亮了

孩子们冲进白色世界

笑声击破大地

雪渗入土黄色的肌理

失去了白的雪

此刻

化作污浊的泥水

被雪润泽过的大地

来年会生长出更加葳蕤的生命

雪和大地倾尽全力

护佑众生

我们在一次次丰收的收割声里

和从不言爱的雪地告别

2

一场雪从北方出发
终点线在哪里
无人问津

一场雪染白了眼睛看不到的远方
也泥泞了脚下的路
雪后气温骤降的北方
迎来一年里最冷的一天

自然的寒暑交替
是活着的最朴素的形式
冷还是暖
终究是自己的情绪价值

每一次出发未必都是机会
所幸停下来
接受此刻的冷

大逻辑关系图里没有永恒之塔
让一切演化成永远的
是自己心的坚定

我们相信雪带给世间美好
也相信冬天终将过去
暖一直都在左右


3


是冬至
是一年里夜最长的一天
是这些年最冷的冬


是母亲照例做粉汤、饺子的日子
是纸火明灭中的团聚时刻
是另一场雪染白南方
就启程回北方的开始


在路上
风带来家乡的味道
胃比心总是先行一步
我们守着一碗热腾腾的饭食
将心落在暖暖的胃里
一路高歌

4

最后几枚果实留在树丫
留给过冬的鸟雀
北方的冬天除了冰雪夹着凛冽的风
再所剩无他

人类无穷尽的繁衍带来无尽的消耗
谁都不知道究竟口袋里要装多少
才能满足一日日的口腹之欲

天空瓦蓝的时刻
鸟雀依旧在枝丫间跳跃
是在开会分配果实还是饭后的撒欢
不得而知

我能想到的是什么时候人群中的自己
也能欢悦若雀

5

雪薄薄的
只够染白发梢

而天色凝重

迷雾遮蔽远处的一切

似藏有万千心事

雪很薄很薄

老屋的房顶红瓦依稀可见

村庄里人影斑驳

架起炉火

屋内变得氤氲

茶水渐渐沸腾欢歌

灶房里腊八粥稠黏香糯

远远地，猪嗷嗷叫起

眼前一抹刀光闪过

碗筷早已备好

归乡人在路上


6


墓园清寂

一排排林木黯然而立

林中雪还未化

风很坚硬

凛冽的冷砸入体内

四肢已僵硬麻木

而悲伤在蔓延
一场无声的送别
抵过千军万马的奔腾
人，终归是独行者


7


一场雪落在一年的最后一月
也落在一年的最初一月
一年过去以一场雪首尾呼应
我们手拉着手
从白首到偕老
不过经历了两场雪

外一篇　白色城堡

## 在医院

在医院，白色并不圣洁
有时它看起来陈旧杂乱
病房也不代表安静
相反，来自身体的各种警钟
敲在每个人的心上
喧闹无比

在医院，人类的尊严无从谈起
所有平日羞于袒露的
都在某一刻心甘情愿地大白于天下
且生怕袒露得不够彻底
只有这样，生命的安全感才得以维系

在医院，卑微的头颅更加怯懦
属于自己的东西只剩大把的药片
和千疮百孔的手背
唯一值得欣慰的是这里虽非天堂
却真的有天使

在医院，她们健步如飞、身轻如燕

她们言语温和有力，让人安心

她们没有翅膀

她们是不会飞翔的天使

# 病床上的青年节

在并不雪白的病床上
告别青年时代
感伤来自心底最深处的褶皱

今年的第一场夏雨淅淅沥沥下了一天
潮湿的不只是温润如玉的空气
以及冒着水汽的路面
整个人被一种温柔的慈悲包裹着

每一次咳嗽带动飙升的血压
让人无法抵达慈悲护持的核心
言语的苍白延伸不到想去的远方

青春就算只剩下一曲《再回首》
可不可以留在灯火阑珊处慰我
蓦然回首

# "十二床"

人和人不一样
呻吟声也不一样
每一声咳嗽里的叹息亦不同

鲜花盛开在白色的房间
一个人从春病到了夏
躺着仰望头顶的吊瓶滴答滴答
生命一寸寸走过眼前

窗外槐花的香气从缝隙挤进来
喜鹊喳喳叫着从这个枝头到那个枝头
护士端着药篮穿梭在各个病室
"十二床"是我现在的名字

"十二床",扎针
"十二床",吃药
"十二床",量血压
"十二床",静静地躺在床上,为了活着

## 病房里的老人

老人从乡下来
不会用雾化器
不会按铃
不会看体重秤
老人好像什么都不会了
和孩子一样

老人的耳朵背了
护士向她喊了半天
老人只会笑着不停点头
护士无奈转身离开

老人气管不好
呼哧呼哧的
老人问做气管镜贵不贵
护士摆摆手
老人说那就做吧

护士拿来几张检查单
老人不识字也听不见

儿子说明天早上不吃不喝做

老人一下子就听见了


老人真的很老了

护士找不到血管

女儿轻轻擦拭着老人的手背

老人叹口气说

该走了，老是拖累你们

儿子生气了，扭身出了门


女儿一直轻轻地按摩着老人的手

老人静静地睡着了

儿子回来听见老人的呼噜声

对妹妹说，一辈子就睡觉的动静大

老人好像听见了，突然醒了一下

又睡着了

儿子吐吐舌头又出去了

## 爱无言

夏天了我还穿着羽绒服
路人侧目相看露出一丝惊讶
我想告诉他
今年的五月阳光很冷

行道树下开了一片小花
车辆汹涌而过无人停留片刻
如果不是病着，我也在车流中奔波
它们的荣枯与我何干

可此刻，它们就在我的脚边
开得热烈而斑斓
我的心跟着它们灿烂绚丽

大自然没有语言
也不需要语言
它的沉默生机勃勃

## 清冷夏日

夏日的早晨冷如冬日
身体很容易乏累
记性变得比老人家还差
树上结了果
数了几次每次都不一样
人站在树下突然就愣住了
转身离去后的路上
想着自己刚才在做什么
一阵冷风吹来
就记得这个夏日的清冷

# 养 病

半边青天半边云
阳光从头顶流下来
身体的乏力似抽丝剥茧散去

母亲戴着老花镜认真地拣着苦苦菜
昨天邻居告诉她苦苦菜可以调节血压
今天她就去早市买了一大包

我和母亲坐在阳光里
我们拉拉家常拣拣小菜
日子一直这样过下去
其实也很好

## 蒲公英

时光从身体流过
收纳的悲伤多于欢喜
人生就是这样
你要努力把悲伤唱给欢喜
欢喜才能同频

草地里蒲公英随处都是
卑微的渺小的头颅顶风而立
一阵疾风吹过，只留下孑然一身的细细的身体
蹲下的时候一阵猛烈的咳嗽突袭了我
蒲公英细细的身体跟着颤抖不已

我，小草，细细的蒲公英
在初夏的花园互相鼓励
很快，秋天的风、冬日的雪都会如约而至
我们如主人般迎来送往着四季轮回
及至有一天，我们卸下时间的慷慨
发现自己才是真正的过客

# 中年孤儿

他是孤儿
他的妈妈是福利院的院长
他离开福利院的那天院长走了
他又没有了妈妈

他妻子的母亲现在也是他的母亲
他陪着老人的时光比妻子还多
和老人待着他心里踏实
去年老人突然走了

他和妻子都成了孤儿
他从幼儿园接回儿子
儿子一进门扑进妻子怀里喊妈妈

他走进老人的屋子，对着空荡荡的床说
妈，我们回来了
老人挂在墙上笑眯眯地看着他

## 中年的苦

耳边的风声忽大忽小
鼻息里充斥着草药的苦香
人还是疲沓沓的
乏累在四通八达的血管里逃窜
始终寻不到出口
中年的苦又多了一味

邻居在空地种了一片花草
开得热烈而恣意
驻足背手看了半日
一只蝴蝶突然落到肩头
屏息与其凝视
一种异样的情愫生起
我与蝴蝶眼睛里的彼此
打开我们的前世今生

# 安 心

几种草药在高温沸腾中粉身碎骨
凝结成一碗焦黄的汤汁
苦。整个身体蔓延缠绕着苦

气温逐日升高
小城渐入西北的夏天
赤日炎炎逼迫着体内的寒气
人不再萎靡不振

路过碧清的阅海湖
风温润地拂过脸庞
想起某个五月
依窗而坐

窗外后海澄澈清明
人流熙熙攘攘
酒馆里，歌手奋力地直播
我一边撸猫一边听歌

猫眯着眼享受手的摩挲

我看着窗外无所事事

日子无聊可以安心

也可以留给余生慢慢回味

## 专属电影

这个五月一直病着
白天做梦比夜晚还多
旧心事一幕接一幕
连成一卷胶片

每个人都有一部专属电影
编剧是你，演员是你，导演还是你
不同的是街景和过客而已
我们是自己的主演，也是别人的过客

有的从开始演到结束
有的中途下车
有的还没开始就已结束
已经到了羞于启齿说爱的年纪
但梦不会撒谎
"什么都能忘记，只是你的脸"

# 扎 针

拍一拍再拍一拍
年轻的护士眉头紧锁
手背的血管已薄如蝉翼

她转头望向走廊
眼神空空荡荡
身心麻木到感觉不到钢针的游移

床头罐头瓶里的野菊花
鲜嫩多汁的叶片
早枯萎零落

时间给予了它们生命由重而轻的样子
和给她的一样
不多不少

# 流 浪

日复一日于白色城堡流浪

抬眼已是七月

气温逐日升高，心情竟也不好不坏

短短几日寻常时光

却坐了几趟生死过山车

明天和意外成了当年度劫的那枚硬币

是字，还是花

皆随缘

好像父母与子女之间

也是一场赌博

父母从不在乎输赢

子女却总牵挂着结果

# 问 题

田野从眼前飘过
村庄、玉米地、瓜田……
留在了火车行驶的后面

人生这列车，从无到有
又渐渐从有到无
那些拉扯的牵绊的留在时间之河

车厢里小孩子
喊了无数遍妈妈
一个问题接着一个问题

病床上的父亲
一遍遍问我
什么时候回来

## 原地守候

通往植物园的路绿荫成片
空气闷沉燥热
风也不能改变什么
中年客的后半生在不断的告别中
成长与缩减

风大力地吹过绿野
藏在你我发间的白发无处躲藏
在这珍贵的人间
记得善待生命中每一个弥足珍贵的相逢
稍不留意可能错失唯一

爱和失去都让人成长
在爱中成就彼此
在失去时温暖对方
每一个远方的背后
都有一个坚定的身影原地守候

# 白色的时光

白色的时光漫长又仓促

才看见太阳的头尖尖

打水回来阳光就四射进了房间

光照亮了父亲的半边脸

每一道褶皱都被白亮亮的光填满

另一半脸看起来愈发黑黄

洗脸水温热，毛巾轻轻擦拭父亲的脸

皮肤松弛垂下，仿佛稍一用力会拉得更长

在白色的世界我听到最多的是叹息和呻吟

生命本就是疼多于欢喜

苦大于甜

莫等闲才知父母恩

一生最好的风景就是此刻

# 白色城堡里的女人们

白色城堡里有很多女人

她们面容憔悴、头发蓬乱

穿着简单朴素的运动服

脚上的鞋踩塌了后跟

随时准备着取化验单，检查，换药水

有点儿空闲就趴在床边或肘着脑袋打瞌睡

她们是妻子，是母亲，是女儿

是儿媳、孙女、侄女、外甥女……

是无数个女性的叠加

她们是看护人，是患者家属

是无数个家庭的支撑

白色城堡里的女人们

用一双双惺忪的疲惫的眼睛

迎来未知的新的一天

# 悲伤即将溢出

咖啡即将溢出杯口

端着它每迈出一步心都跟着起伏跌宕

如白色城堡里的仪器指示灯

每一次明灭都扯心撕肺

最怕暗夜突起的哭声

喊亮了天空中多了的那颗星子

是谁说过人有一天会变成星星挂在天空

那时候听来心里全是浪漫主义

而今立在大地之上仰望夜空

久违的星子闪闪发亮

心里盛满的悲伤

即将溢出

## 静

四围很静。静得能听见悲伤

在风中纷飞

脚步在白色城堡流浪

意外比明天先一步抵达

即使相信生死有命

也不愿屈从命运的安排

烟火人间的尘烟滚滚

也挡不住一个向往星空的自由灵魂

余生不知长短祸福

做好自己的摆渡人

足以安稳度过这虚妄的一生

静。很静很静

静得让人懂得

生即死

死即生

# 人的苦痛

八点后空气开始炙热
白色城堡的早晨和平日一样
并无新事
唯一不同的是嘴唇冒出两个泡
我知道
过不了几日，它们
会在肿得圆滚滚几近透明时
炸裂，留下两个斑点逐日消散
人的苦痛大致如此
从生发之日到某一日飙至顶峰
此后一天天削弱低沉
直至回落原点
也只留下些许伤口供以后
睡不着时写写回忆录
写着写着
一生就结束了

# 还剩什么呢

悲伤倾盆而下

这戛然而止的人生

这离开人间的团圆

这让人窒息让人绝望的噩耗

这尘世还剩什么呢

雨噼啪噼啪落下来

过去的时光砸到眼前

模糊了双眼刺痛了全身

轰的一声

这悲剧收场的半生

还剩什么呢